INFO Verlag · Gaby Scheeder · Lass dich knuddle

*Gewidmet all denen,*
*die mit dem Herzen denken*
*und mit dem Verstand fühlen,*

*sowie meinem Ehemann Harald,*
*mit dem ich zum „Wir" verschmelzen*
*und jeder doch sein „Ich" bewahren kann.*

Gaby Scheeder, 1952 in Zwiesel als Tochter des Puppenspielers Werner Suchy geboren, verbrachte ihre Kindheit in Neuthard. Sie begleitete ihre Eltern auf ihren Tourneen und musste 40 Mal die Schulen als Gastschülerin wechseln. Sie besuchte zahlreiche Lehrgänge für Puppenspiel u. a. in München, Mainz, Bielefeld, Bochum und Stuttgart. Nach einer Umschulung zur Kinderpflegerin arbeitete sie als Gruppenleiterin eines Kindergartens in Bruchsal. Seit 1994 ist sie im Kindergarten Menzingen als Zweitkraft tätig. Gaby Scheeder ist verheiratet und hat zwei Kinder. Die Geschichte „Ich bin immer für dich da" wurde beim Wettbewerb der evangelisch-lutherischen Kirche Deutschlands „Erzähl mir vom Glauben" ausgezeichnet und erschien im gleichnamigen Vorlesebuch für Kinder.

GABY SCHEEDER

# Lass dich knuddle

INFO VERLAG
MundArt

Edition MundArt

Herausgegeben von
Thomas Lindemann

*Redaktion*
Constanze Jung

*Satz*
Rebecca Barth
Diana Sayegh

**Bibliografische Information Der Deutschen Bibliothek**
Die Deutsche Bibliothek verzeichnet diese Publikation in der
Deutschen Nationalbibliografie; detaillierte bibliografische Daten
sind im Internet über http.://dnb.ddb.de abrufbar.


INFO Verlag GmbH
Käppelestraße 10
Postfach 3367
D-76019 Karlsruhe
Telefon 0721/617888
Fax 0721/621238
info@infoverlag.de
www.infoverlag.de

ISBN 3-88190-344-5

# Inhalt

# Monchmol brauch i en Orschucker

Monchmol fühl i mi:
wie e ausgepresste Zitrone,
wie en ausgelaugte Teebeutel,
wie en verbrauchte Putzlumpe.
Dann such i nach oiner Quelle
um neue Kraft zu schöpfe,
nach der Zapfstell, um ufzutonke,
nach dem Thermostat, um mich wieder
uf die richtige Betriebstemperatur zu bringe.

Kennsch ma net mit em Überbrückungskabel
den zündende Funke gewe?

## Mei Gedonke

Mei Gedonke
weise net deine in Schronke,
wolle net deine vertreiwe,
i wot, dass se bleiwe
un wonn zomme
neie entsteh,
des wär schee.

## Mei Gschenk an dich

I schenk dir
e offenes Ohr,
des dir ufmerksam zuhorcht.
Des net taub isch,
for des, was du moinsch.

I schenk dir des Lächle meiner Auge,
in dene du dich spiegle konnsch,
die net blind sin for des,
was du brauchsch.

I schenk dir en Mund,
der dich küsst und dir sagt,
wie sehr i di mag,
den i awer a halde konn,
oder zur rechte Zeit ufmache,
um des zu sage,
was uns weiter bringt.

I schenk dir Händ,
die dich zärtlich hewe,
die a kraftvoll zupacke könne
un dir immer Gutes dun wolle.

I schenk dir mei Herz,
des groß gnung isch,
dass du drin
e warmes Plätzle findsch.

Siehsch, jetzt isch's recht,
dass i gut beinonner bin.
Du konnsch dich an mi orlehne
un mir falle net glei um.

## Ma sagt's halt so

Schnell isch ebbes nor g'sagt.
Ma hat net recht iwerlegt.
Oifach so nor gebabbelt,
wie'd Leit halt so schwätze.
Schnell isch ebbes g'sagt,
was ma net so g'moint hat.

E wüschdes Gebruddel un Gemotz
macht alle Unzufriedehait noch größer,
wächst wie e Krebsgeschwür,
greift wie e vernichtendes Feier um sich,
macht alles noch viel schlimmer.

E gut's Wort awer baut uf,
gebt Dünger for neie, gute Gedonke,
schuckt se in die richtig Richtung,
beflügelt und befreit,
macht alles besser un scheener.

Wonn ma zomme schwätzt,
sod ma sich im Klare sei:
will ma vernichte oder ufrichte.
A e Wort hinnerlässt Spure,
im Gute oder im Böse.

Drumm, wonn ma frogt:
„Was moinsch denn du dazu?"
No geb acht, was du sagsch,
denn for die Leit bisch die Leit:
„Du!"

## Uf de Punkt bringe

Schwätz net!
Hol net so weit aus!
Trag die Kerch net ums Dorf!
Stehl mir net mei Zeit!
Lieg mir net in de Ohre!
Nerv mi net mit dem Geschwätz!
Blos koi unnötiges Gebabbel!
Quatsch net drum rum!
Bring's endlich
uf de Punkt!

## Schule im Freien

Raus aus em Klassezimmermief.
Naus in die sonnige Natur!
Weg von der graue Theorie,
dem Lewe selwer uf de Spur.

Hüpfend, springend Hond in Hond
erkunde mir des Heimatlond.
Do häb i e Käferle entdeckt!
Jetzt isch es fort, s'hat sich erschreckt!

Guck emol, do fliegt dahin,
en wunnerscheener Schmetterling.
Dauwe hocke uf em Haus.
Mir packe d'Vesperbrote aus.

„Hasch du a ebbes zu Nasche?"
Buwe kruschtle in der Dasche.
Hän Daschemesser, Gummiring,
Kaugummi un Nägel drin.

Sie schnitze Stöcklen, stupfe mi,
dappe die arme Blümlen hie.
I donz versonne, elfengleich
durch blühendes, duftendes Feenreich.

Oh, wie isch Schule im Freie so schee!
Morge schreiwe mer en Ufsatz,
do wärds dir vergeh!

# Im Stroßecafé

Guck emol,
wie die ausseht!
Guck emol,
was die orhat!
Do dät i mi schäme!

Guck emol,
wie der orgebt!
Was glabt dann der,
wer er isch!
So konn ma doch net sei!

Guck emol,
was des do treibt!
Dass die des dulde!
Des hät's bei mir
awer net gewe!

Oh! I muss a mol!
Wo isch an's Klo?
Do muss ma jo an
dene viele Leit vorbei.

I lass mie doch
net ausrichte!
Noi! I verheb's!

## Sin se verheiat?

Wie die zwoi
mitenonner durtle!

Wie die ihn orhimmelt!
Un des in dem Alder!

Die sin bestimmt
net verheiat!

Doch,
die sin verheiat,
awer net mitenonner!

## Treue

„Komm, nemm mi doch in de Arm!“
„Noi, i bin treu!“
„Sei doch net so!“
„Noi, des konn i meim Monn net ordu!“
„Ihm duts doch net weh –
un uns däts so gut!“

## Streiten

Es isch wohl e ungeschriebenes Gesetz bei de Kinner, dass wonn de oi ebbes hat, es de onnere a will. Dabei isch des gonz egal, wieviel sonscht noch rumliegt. So hat a de Manfred mit de Heide um oi bestimmtes Legosteinle ghändelt. „I häbs erschte g'hat!" „Noi i!" „Des isch gar net wohr!"
„Doch!"
Se hän sich nemme zu helfe g'wisst und die Mudder um Beischtond grufe. Die wollt an den Verstand appeliere un in oim Ufwisch noch des Sozialverhalde fördere. „Jetzt kann mir mal einer von euch zeige, wie groß und vernünftig er schon isch! Für den anderen verzichte, um ihm eine Freude zu machen, das bekommen manche Erwachsene noch nicht hin. Also, ich fände es ganz toll und ich hätte große Hochachtung vor dem, der dem anneren den Stein lässt." Die Gesichter hellte sich uf. „Nimm du ihn!" „Noi, du!" „Ich lass ihn dir!" „Noi, du ..." Bald gings erneut weiter, des Streide, halt nur uf oim höhere Niveau.

## Steinlen oder die Kunst des Schenkens

Zum Geburtsdag hat ma mir viele Gschenklen gebrocht. Der Bu kriegt mit, wie arg i überrascht bin un mi freu. „I häb grad e Bild for dich gmolt!“ sagt er fascht e bissle entschuldigend. „Des freut mi doch gonz arg! Weisch, e Gschenk isch net koschtbar, weil mas gekaft hat, es isch wertvoll wege de Müh un de liebe Gedonke, die ma sich um den gmacht hat, dem mas schenkt.. Des konn ebbes Gmoltes, ebbes Gebasteltes sei, selwer gezopfte Blume, oder sogar e Steinle, des vor deine Fieß glege isch. Wenn du es ufhebsch un mir bringsch, no verzählt es mir, dass du an mi gedenkt hasch. Es sagt ma, dass du mi magsch.“

Inzwische stecke alle meine Jacke un Hosedasche voller kloiner Steinlen – un voller Freud.

# Im Thermalbad Bad Schönborn

De Alldag abstreife,
sich gründlich eiseife,
die Sorge abspüle,
sich rundum wohlfühle.

Erholung, die mir brauche,
in Wärme eitauche,
sich getrage wisse,
fremde Leid begrüße.

Emol e Magekripple,
Wasserbläslen prickle,
massiere an de Düse,
die frische Luft genieße.

Rezepte konn ma sammle,
noch Urlaubsziele fahnde,
Kronkheite austausche
un die Leid belausche.

Sich eifach treiwe lasse,
den Entschluss fasse,
sich was Gutes gönne,
Gedonke nochhänge.

Wie en Urlaub zwischenei!
Wo könnt's jetzt scheener sei?

## Frühlingsbäume

Alde knorrige Bäum
sin zum Lewe erwacht,
lasse anscheins verdrickelte Zweige
zarte Knosper ufspringe.
Unzählige Blütlen
strecke sich der Sonne entgege,
lasse sich von lustvolle,
begehrliche Flügelen umschwirre,
genieße des jetzt und hier
un denke gar net dro,
dass vielleicht morge schon
en kalde Frühlingswind
die gonze Blütepracht fortblost.
Sie klewe net an de Zeit,
löse sich un lasse sich fort nemme.
Erinnerung un Hoffnung
reife mit de Blätter
un no entwickle sich
reichlich Früchte zum vernasche.
Verwondelt un voller Vertraue
ahne se,
es werd wieder Frühling,
irgendwonn.

## Des Glückskäferle

Des Glück krabbelt als vorbei,
wie e Marienkäferle so kloi,
ma muss nur recht ufmerksam sei.

Geb gonz behutsam do druf acht,
heb nur de Finger nor gonz sacht
un guck entzückt, was es macht.

Des Glückskäferle konnsch net hewe.
Es will un muss in Freiheit lewe.
Genieß un lass es wieder schwewe.

# Löwenzahn

Löwenzahnblütlen sin
gsommelte Sonnestrahle,
von der Liebe in winzige
Fallschirmlen verwondelt.
I blos se naus in d'Welt.
Dei Sehnsucht fongt se uf,
lässt in dir des zarte Pflänzle
Vertrautheit keime.
Lass es als Heilkraut
for unsere Seele wachse,
des stark gnung isch,
die Asphaltschicht
von unserm verkruschtete
Alldag zu sprenge.

## Vorfreud

Mir hän ausgmacht,
dass mir uns
am Wochenend treffe.

Am Mondag häb i mir
ausgmolt, was ma mache.

Am Diensdag isch mir
die Ärwet vor lauter Freud
gonz leicht von de Hond gloffe.

Am Mittwoch war i,
wonn i an di gedenkt häb,
glücklich un beschwingt.

Am Donnersdag häb i's
fascht nemme verwarde kenne.

Am Freidag hasch du abgsagt.

E gonze Woch voller Freud,
war des net meh wie gnung?

Awer s'Wocheend
war ma doch versaut!

## Lass dich knuddle

I will dich tröschte
un dich net grad von deine Probleme ablenke.

I will dir Mut mache
un dich net grad mit Rotschläg zuschütte.

I will dir zeige, wie sehr i dich mag,
un dich net grad mit Geschenklen abspeise.

Komm un lass dich knuddle, drücke un hewe
un lass mei Gefühl zu dir niewer hopfe.

## Autogucke

De Rosa ihren Monn hat sich im Lauf der Johr arg verännert. Frieher hat er de Mädlen nochgeguckt, isch en gonz scheener Druffgänger gwäst, bis er die Rosa kenneglernt hat. No hän se hinernonner die Kinner griegt un er isch zum treusorgende Familienvader mutiert. Sei Äußeres isch ihm nemme so wichtig gwest.

„Wo der Verstond wachst, müsse die Hoor weiche", oder „E schees Gsicht braucht Platz". Zu seinem Bauch moint er grad: „Ma müsst Vorrät orlege for schlechtere Zeite."

Jetzt sin ihre Kinner aus em Haus un alle beneide se, dass er als Sonndags mit ihr fortgeht, zum Dag der offenen Tür und donoch rennt er a noch mit ihr durch de Jahrmarkt. „Willschs, no kafschs!" Se glabt, dass er grad hordich fertig sei will, um dann noch e bissle Autos zu gucke. Des bissle dät stundelong geh, wonn se net irgendwonn drängele dät: „Auf, jetzt kum, oder i geh alloi hom!" In jedem Karch, wo uf der Stroß orgepriese werd, muss er probesitze, PS un Preis vergleiche, a von denne, wo er sich nie leischte könnt. „Jetzt sin ma scho so ald un hän de Lewedag grad gspart un gschafft. Mir hän jo noch gar net richtig glebt" sagt er. „Wonn ma sich noch en Traum erfille will, no muss es jetzt sei, sonscht ischs zu spot!" E Motorrad konn er sich wege dem Ischias un de Atrose in de Knie schun long abschminke.

Jetzt träumts ihm von em Caprio. Rosa moint: „Die Leid were sage, sei Horr hats'em ower fort geblose, mit em Schuhlöffel muss er eisteige un mit nem Büchseöffner muss ma ihn raußhole, den alde Simbel!"

No sucht se irgend ebbes sitzbares un schnauft dorch. „Liewer soll er noch de Autos gucke un net noch onnere Weiwer!“ In ihrem Fruscht schlingt se oin Mohrekopf noch em onnere nunner, die se eigentlich de Enkel mitbringe gwellt hat. No sinnt se noch: Die Männer lasse sich eigentlich a gut mit de Autos vergleiche. Meiner isch jo e praktische Familienkutsch, wo i putze därf. Zwar isch der Lack verkratzt un er hat e paar Macke, awer sonscht isch er noch gut erhalde un brauchbar. Vor allem a günstig im Unnerhalt. Net so wie die großkotzige Sportwage do, die grad orgewe un es kommt nix wie Laut un hoiße Luft rauß un glei sin se fort.

Mit was for em Auto däd i mi denn jetzt vergleiche, frogt se sich. I wod ois sei, wo mit de Johr immer koschtbarer werd, wo er de Lack un die Karosserie gut pflegt, wo er gonz behutsam mit umgeht, weil er es de Lewedag bhalde will.

„Schatz, guck, kafe mir den Oldtimer do?“

## Glischde

Noi, i kaf nix zum Schlecke!
Wonn nix do isch,
kommt ma a net in Versuchung!

Ha, grad vielleicht ebbes for'd Kinner,
wonn se mol Glischde hän.
Awer es werd versteckelt.

I laf dro vorbei!
I zwing mi!
Guck weg!
Mach en Boge!
Glischde ploge!
Finger weg!
Ha – Grad oins!
I long nor ...
bis nix meh do isch.

Noi, I kaf nix meh zum Schlecke!
Ha, grad vielleicht ebbes for'd Kinner.
No griege se's awer glei,
bevor i's wieder find!

## Net ohne de Hund

I hör mi noch sage:
„I will koin Hund!
Orgebunne isch ma,
zu jeder Stund!
Ma konn nemme grad
so in de Urlaub fahre.
A des Gebell muss ma ertrage.
Der braucht viel zu Fresse,
muss immer scheiße,
wärd ons alle Schlabbe zerbeiße!
Allfort muss ma mit ihm nauß!
En Hund, der kommt mir
net ins Haus!"

Mei Buwe flehte alle zwee,
„Oh, mit nem Hund, do wärs so schee!
Wir mache alles, du wersch seh,
ihn füttern, mit ihm Gassi geh!"
Sie plogte mi zu jeder Stund
„Oh bitte, bitte einen Hund!"
A mein Monn net abgeneigt,
mir eines Dags die Zeitung zeigt:
„Kloine Hunde zu verschenke!"

Was dann geschah?
Könnt ihr's euch denke?

Eigentlich wollt i die Freud für sie,
doch jetzt isch der Hund fixiert
uf mi!

## Dei Hond

Dei Hond isch so schee warm,
se isch als so zärtlich,
se kratzt mir de Rücke,
wonn's mi beißt,
se reibt mir die Fieß,
wonn se mi zupfle,
se helft mer,
wonn immer se konn
se schafft, tragt, schraubt
un nagelt Bilder an'd Wond.
Lass se ausruhe, dei Hond!

Dei Hond,
se dut, was se konn,
noch long im Lewe,
will i se hewe.

## Alde und Junge

Die Junge denke viel an Morge,
was ma do erscht därf,
was ma do dun könnt,
was ma do hätt.
Se moine, dass es morge erscht richtig losgeht.

Die Alde denke viel an die Vergongeheit,
wie es frieher gwä isch,
was se frieher erlebt hän,
wie es onnerschder war.
Se traure de vergongene Zeite noch.

Nur heit lebt ma richtig!
Nur in der Gegenwart konn ma sich begegne.
Die Junge könne schwungvoll mit gute Ideen,
die Alde mit Weisheit und Erfahrung
des Heute bewusst gestalde.
Denn heit werde die Weiche for die Zukunft g'stellt
un die Vergongeheit wärd heit geprägt!

Koiner sod es vergesse:
Die Alde ware a mol jung
un die Junge were a mol ald!

## Grad an deim Dag

Ausgrechelt an
meim Geburtsdag
isch mei Mudder gestorbe.
An dem Dag, an dem
sie mirs Lewe gegewe,
konnt se ihrs nemme hewe.
Wollt se mir damit was schenke?
Ma könnt es fascht denke.

Die Gäscht saße schon
hinner de Kaffeetasse.
I konnt es net fasse
un bin ohne End
ruf un nunner grennt.
„Grad an deim Dag!
Des isch net schee!
Solle mir geh?"

„Noi!" sag i,
„dut bei mir verweile!
Frieher hän mir zomme glacht,
jetzt lasst uns zomme heile."

# I bin kronk

Mir geht's gar net gut,
Fiewer, Huste, Kopfweh.
I heb's uf de Bronchie,
d'Lung hat a ebbes.
S'Kreitz dut weh,
gonz dormelig isch mer's
von de Tablette.
De Kreislauf hunne,
i lieg kronk im Bett.
Mir geht's ja so schlecht.

Im Bad häuft sich d'Wäsch
un in de Kich des G'scher.
De Hund macht in de Gong,
weil koiner mit ihm Gassi geht.
Net nur wege mir
wünsche se alle,
dass i bald wieder g'sund bin.

Wer woiß, for was des gut isch!
Vielleicht wisse se jetzt,
was se an mir hän!

# Die Kur

Emol dem Doktor alles vorjommere.
Gonz ausführlich ufzähle, was oim plogt.
Mol richtig verwöhne lasse.
Mit Massage un alles, was oim gut dut.
Mol nix for onnere du müsse.
Grad an sich selwer denke.
S'Esse norgstellt griege,
net eikafe un putze müsse,
schwätze mit Leid, wo ma mag.
Sein Marktwert teschte.
Sich Zeit nemme for die
scheene Dinge im Lewe.
Ufftonke und sich stärke
un Kraft sommle for de Alldag.

Der werd oim schun wieder eihole.

## Wege de Leit

Mir sin in des bäuerliche Dorf gezoge. Ma hat arg geguckt, was mir so mache. An oim b'sunners scheene Dag – an dem es viel zu schad war, im Haus rumzugruwle – sin mir oifach spazieregonge – mittel unner de Woch! Die Sonn hat so arg g'wärmt, die Bäum so schee geblüht und die Luft war voller Blütenduft.

Richtig mitleidig hän mir die alde Frau orgeguckt, die uns entgege gedeppelt isch. Iwer ihrem Kittelschorz hat se noch en Halbschorz gebunne. Ihr faldiges G'sicht war von em Kopfduch zommeghalde. Uf dem Buckel hat se en Karscht daher gschleift.

„So, gehn se spaziere?“ hat se uns orgschwätzt un de Karscht zum Verschnaufe abgstellt.

„Haja, des wär doch Sünd und schad, wonn ma des herrliche Wetter net genieße däte! Unser Ärwet laft uns net davo, die wart schee, bis mir wieder kumme! Un sie müsse uf's Feld zum Hacke?“

Sie tritt gonz nah zu mir her, hebt die abgschaffte Hond gonz dicht vor de Mund, dass es jo niemond hört: „Ihne konn i's jo sage!“ – dabei kichert se e bissle. „I geh a grad spaziere. Die Leit brauche's jo net wisse!“

## Danke, for des Gespräch

I bin uf oiner Bonk g'sesse um den scheene Ausblick zu genieße. Plötzlich isch se newe mir g'hockt, e Fra, wie aus em Lewe. Sie hat mi zugschwätzt, verzählt von de Kinner, ihrem Monn un em Haus. Bald häb i ihr gonzes Lewe gekennt, ihre ärgschte Kronkhoite, wo se schun iwerall im Urlaub war un a die Probleme mit der Schwiegermudder un de Nochbare.

Sie wollt koin Rat höre, a net, was i dazu sage dät, oder was mir grad dazu eifällt. I bin überhaupt net zu Wort kumme. Häb bloß mol dazwische brumme gekennt.

Plötzlich isch se in d'Höh g'hopft: „Jeses! Jetzt isch's aber spot wore! I heb gar koi Zeit meh! Mir hän uns jetzt aber so gut unnerhalde! Des hat mir so richtig wohl gedo! Donkschee, for des scheene Gespräch!"

Awer i häb doch gar nix gsagt!

## Er schnarcht

Was hat mi des als g'nervt,
wonn er newe mir g'lege isch
un gschnarcht hat.

I häb net schlofe gekennt.
Am liebschde hät i ihm als
oine nei gedappt.

Jetzt liegt er im Kronkehaus.
Sei Bett isch leer un ruhig.
Awer i konn a net schlofe.

Wonn er nummer bald wieder
newe mir schnarcht,
es dät mi doch irgendwie
beruhige.

## Wonn d'Mudder nemme konn

Mudder, geht dir's net gut?
Ma sieht's dir or!
Leg dich doch nor!
Mach nix meh!
Ruh dich aus!
Lass alles liege!

Un es bleibt liege,
bis se wieder konn!

## Schutzengel

Durch de Tod müsse mir alle gehn.
Du gingsch de Weg nur schon vor.
Wart uf mich, bis mir uns wiedersehn.
Bereit den Weg schon emol vor.

Awer lass dir damit noch recht long Zeit.
Sag ihne, i blieb gern noch hier.
Wonn es dir möglich isch,
gucksch du no so long
als Schutzengel noch mir?

## Wo ma g'liebt werd

Wo ma g'liebt werd,
derf ma sei, wie ma isch.

Wo ma g'liebt werd,
därf ma Fehler mache.

Wo ma g'liebt werd,
werd net ufgrechelt.

Wo ma g'liebt werd,
geht's alfort weiter.

## s'Verhältnis zur Mudder

Der kloine Bu bettelt noch:
„Mama helf mir!"
Er streckt ihr die Händlen entgege.

Wärd er größer, dann bestimmt er:
„Lass mich's alloi mache!"
Er läft davo.

In der Pubertät sagt er:
„Mudder, des kapiersch du net!"
Er verbessert se ständig.

Isch er dann verliebt, schmunzelt er:
„Wonn des die Mudder wüsst!"
Er traut ihr koi eigenes Liebeslewe zu.

Isch er aus dem Haus:
„Was hät jetzt die Mudder dazu g'sagt?"
Er versucht sich zu erinnere.

Wonn die Mudder tot isch:
„Wonn des die Mama noch erlebt hätt!"
Er würd ihr noch so viel Freud gönne.

A wonn se nemme do isch,
lebt des in ihm weiter,
was se in sei Herz g'legt hat.

## Kinner sin net so

Kinner sin net immer so,
wie ma se gern hätt.

Kinner mache net immer des,
was ma gern wod.

Kinner sage net immer des,
was ma gern hört.

Wonn Eldern ihre Kinner liewe
hoißt's:
Verzeihe! Ertrage! Aushalde!

Wonn Kinner ihre Eldern liewe
hoißt's:
Aushalde! Ertrage! Verzeihe!

Eldern sin a net immer so,
wie Kinner se gern hätte!

## Eheglück

Es isch net des große und laute,
es isch des kloine, stille Glück.
Es isch des sich Bescheide,
Zufriedeheit im Augenblick.
Es isch net des Wolle un Haben.
Es isch net der spektakuläre Schein.
Es isch des In-sich-Ruhen,
Donkbarkeit
im Sein.

## Versteh me

Du brauchsch jetzt
gar nix zu mache.
Horch ma grad zu!
Wonn'd willsch,
nick mit dem Kopf.

Du brauchsch jetzt
gar nix zu sage,
a koin Kommentar!
Vielleicht grad:
„Ahja!".

Du brauchsch mir
koin Rot zu gewe.
Horch ma grad zu,
geb mir des Gefühl,
du verstehsch me.

Wonn du grad do bisch
un i's raus schwätze konn,
no geht mir's besser.
No woiß i schun selwer,
was i zu du un zu lasse häb.

## Des Metermaß

Der Bu spielt mit dem Metermaß,
des macht ihm sichtlich großen Spaß.
Er klappt es uf, er klappt es zu,
batscht uf de Disch,
stupft an de Schuh.
Lange Zeit dut der so spiele
un uf's g'fährlich Monschter ziele.

Bis der Opa sagt abrupt:
„Geb'n her, mach's net kaputt!“
Druf reißt er dann gonz unverwondt
Dem Bu de Meter aus de Hond.

Un plötzlich hat's gonz laut gekracht
– der Opa hat en hi gemacht!

## s'Huschteguzel

Er war vier Johr ald. Für e Augeunnersuchung musste er ins Kronkehaus. Jetzt hieß es tapfer sei. Um ihm des zu erleichtern, hat ihm die Oma ebbes Rechts versproche. Weil Omas nemme so recht wisse, was kloine Buwe wolle, hat se ihn g'frogt. „E rods Feierwehrauto mit'ere Leider!" kam die spontane Antwort.
Die onnere Oma, mir nannte se Omi, damit ma se ausenonnerhalde konn, wollte ihm a gern e Freud mache un hat a g'frogt, was er von ihr wod. Der Bu hat genau g'merkt, dass die Omi mit dem Geld arg eigschränkt war. Er hat sich vor se g'stellt un an ere nufgeguckt: „Omi, von dir will i grad oines von deine gute Huschteguzel!"

## Jeder muss sei Päckle trage

Jeder muss sei Päckle trage,
do hilft koi Jammern oder Klage.

Nur des oine tröstet scheins:
auch all die onnere trage eins.

Jeder moint, so isch des immer,
des oigene, wär viel schlimmer.

So isch es halt, ma muss sich füge
un sich mit seinem Deil begnüge.

Gewöhnsch dich, nimsch es locker uf,
schon packt ma wieder oins dir druf!

## Lass mi e bissle

Lass mi zu dir niwer schlupfe,
an dei braite Schulder lehne,
mi bei dir geborge wähne.

Lass mi deine Nähe spüre,
deine warme Haut berühre.

Wärm mir die Fieß, die kalde,
du mi in deim Arm drin halde.

Schnauf mir in mei Ohre nei.
Selig schlofe mir no ei.

Dut sich bei dir was riere,
no könnt noch meh passiere.

## Du konnsch mit mir rechle

Du konnsch alfort mit mir rechle!
Aber fong jo net or
ufzurechle,
abzurechle,
orzurechle.
Die Rechnung geht net uf!

# I schwetz gern im Dialekt

I schwätz so gern im Dialekt.
Do lass i raus, was in ma steckt.
Tief aus meines Herzens Grund
hopfe mir Gedonke in de Mund.

Ohne, dass i's Hern verrenk,
konn i sage, was i denk.
Ausdrück komme, wie se welle,
brauch mi gar net zu verstelle.

Um es uf de Punkt zu bringe,
brauch i net um Wörter ringe,
brauch es net gekünstelt fasse,
konn es oifach lafe lasse.

So viel Wärme konn des bringe
un a zwische Zeile schwinge.
Schwätz nur in deim Dialekt
und zeig, was alles in dir steckt.

## Heimat isch

Heimat isch net nur,
wo ma gebore isch.
Heimat isch do,
wo ma dich liebt.
Wo ma dich nimmt,
so wie du bisch,
dir des Gefühl
des Dazugehörn's gibt.

Heimat isch,
wo du geborge bisch.
Wo ma dir
mit offenem Herze
entgege geht.
Da, wo du dich
wohlfühle konnsch,
wo ma dich versteht.

Heimat isch a
e Gefühl;
vergangenes
Kindheitsglück.
Uf em Flohmarkt
kafsch es dir
emol Stück für
Stück zurück.

# d'Aborthäuslen

Eigentlich bin i en bescheidener Mensch. Ebbes Gut's zu Esse, e warme Stub, un e bissle e Freud un i bin scho zufriede. Wonn i nachts raus muss und grad die Tür newe nei konn, oder im kuschlig warme Bad unner de Dusch steh und des warme Wasser rieselt so uf mi nunner, des isch doch schon Luxus pur. Unsre Junge nehme des alles als selbstverständlich nor, weil ses gwänt sin. Awer i häb des noch onnerscht erlebt und konn mi noch gut erinnere.

In meiner Kindheit hän mir in Miete g'wohnt. Die Hausleit unne un mir owe drin. Uns hat's schon im Bett vor dem Ufsteh gegreiselt. D'Mudder hat erscht emol de Kohleoffe orschürre g'müsst. Von wege em warme Bad. Die oinzig Wasserstell in der Wohnung war en Stoitrog in de Kich.

Wonn ma mol g'misst hat, no hat ma nunner g'misst un iwer de Hof am Saustall vorbei durch die Scheier. Do sin se g'stonne, die zwei Aborthäuslen. Ons for uns un ons for die Hausleit. Mit oiner selbstgezimmerte Holzdir, mit em Herzle neigsägt. Mit em Hake un ere Öse hat ma se zuhänge gekennt. Awer i net, i häb d'Bahn frei gebraucht. Jo do net eigsperrt sei. Richtig uheimlich war des, wie des von unne ruf g'hallt hat un wie des do groche hat. Jo schnell wieder naus. Ma isch wirklich nur nei, wonn ma g'misst hat.

Der Bu von de Hausleit hat mir als Ängscht mache welle. „Vom Plumpsklo kommt der Deifel ruf!" hat er behauptet, er hät sich selwer schon emol grad noch mit oim Sprung rette könne, sonscht hät er ihn nunner gezoge. Mutig häb i sei welle, mutig wie de Peter un jo net voller Ängscht davo lafe un jo net heile.

Ab do häb i immer mei Schaufel mit nei g'nomme un parat newe norg'stellt. Wo do ebbes neigeplumpst isch, häb i se gonz deitlich an meim Po g'spürt, die Hörner von dem Deifel! Blitzschnell häb i den hölzerne Stiel von der Schaufel g'schnappt un nei gwäsche so fescht i gekennt häb. „Bleibsch du do drunne!“ schrei i noch. Do rutscht mir plötzlich der Stiel aus de Händ un die Schaufel flutscht de Plumpsklo nunner. I hau den Deckel zu un horch. En Plumps un no ruhig, gonz verdächtig ruhig. „I glab, i häb den Deifel erschlage, mit meiner Schipp!“ Erleichtert un gonz stolz erzähl i des dem Peter. Der lacht grad.

Eines Dags leert der Hausmann mit oim longe Schöpfer die Jauchegrub. Plötzlich ruft er: „Gaby, guck emol her, was do von dir isch!“ Wie i mi mutig her trau un vorsichtig in des Loch nunner guck, liegt do unne uf em zementierte Bode mei rode Schaufel. Von wege dem Eigang zur Höll! Er ongelt danoch un holt se wieder ruff. De Peter spritzt se mit oim Garterschlauch wieder ab un spottet: „Do isch dein Deifelstotschläger!“

Mir hän scho long koin Plumpsklo meh un die rod Schaufel isch a schon long verroscht. Awer immer wieder gebt's Situatione, wo i mi mutig stelle muss. No pack i des Problem entschiede un vertrauensvoll bei de Hörner.

Jetzt woiß i, was de Luther gmoint hat: „Un wenn die Welt voll Deifel wär, es werd uns doch glinge!“

## Fort mit

Do hebt ma alles uf,
ma könnt's jo mol brauche
un wonn ma's brauche könnt,
konn ma's net finne.

Long häb i's ufghobe.
Long isch's nur rumglege.
Nie häb i's gebraucht.
Geschtern häb i's fort g'schmisse,
heit könnt i's brauche.

# Der Nussbaum

Es isch schon ebbes b'sonderes mit so oim Baum, wie er so fescht mit de Erd verworzelt do steht, als könnt ihn nix umschmeiße. Sei Äscht rage in de Himmel, als wollt er zwische uns un dem do drowe Verbindung schaffe. Ma moint, er wär schun immer do gwä un werd a uns noch iwerdaure.

Oi Erinnerung an so en b'sunnere Baum aus de Kindheit werd en jeder von uns ho. For mi isch's en Nussbaum in Neithard, der hinner de Häuser in Richtung Büchenau g'stonne isch. Selemol war's ziemlich weit, for mei kloine Fieß. Bis zum Nussbaum hat ma alloi geh gedärft. Des war die Grenz. Dahinner isch die restlich g'fährlich Welt gwest un die war noch verbote.

Zum Nussbaum sin mir als nor gedäppelt, als däte ma e mortz Wannerung mache. Mir hän uns an ihn orgleht un e Päckle Brause g'schlotzt. Zum Nussbaum nor hän ma Wettrenne g'macht, um ihn rum Fangerles un hinner ihm Versteckerles g'spielt. Als i Fahrradfahre g'lernt häb, uf de Mudder ihrem alde Rad – for e eigenes war koi Geld do – do bin i zum Nussbaum nor gedrebbelt un her un nor un her un nor.

Oimol hän mir e Ziegwägele ufgetriewe. Selemol isch ma noch mit Kieh ins Feld. Des hän mir g'spielt. Oiner hat vorne gezoge und der onner hat als Bauer druf sitze gedärft. Mit der Peitsch in der Hond hat er druf g'wäsche. Awer net gonz so arg, weil er jo g'wisst hat, am Nussbaum wärd gedauscht un no muss er ziege un griegts wieder z'rick. So isch des g'wä mit dem Nussbaum. Irgendwonn hän mir uns doch driwer naus getraut. Uf oimol sin mir weggezoge. Wonn ma als mol wieder uf Neuthard kumme sin, häb i immer erscht noch em Nussbaum geguckt. Alfort hän se neie Häuser gebaut un uf oimol isch de Nussbaum nemme dogstanne. Er war unwiederbringlich fort, wie mei Kindheit.

Wonn a i eines Dags wie de Nussbaum falle muss, so werd i doch meiner Lebdag en Haufe Nüss gewe ho, um die sich die Leit gebickt un die ihne g'schmeckt hän.

Aus de oi oder onnere geht vielleicht sogar wieder e neis Nussbäumle uf.

# I muss

I muss morgens ufsteh.
I muss zur Arbeit geh.
I muss mi konzentriere.
I muss stets funktioniere.
I muss mi zommereiße
I muss mirs selbscht beweise.
I muss alle Leid versteh.
I muss nach mir selwer seh.

Denn wer sorgt schon für mich,
wonn net „ich“!

# Ma konn's net allene recht mache

Sagsch du dei Sach dazu,
hoißt's, du wärsch en Schwätzer!
Sagsch nix, no hoißt's,
du griegsch dei Maul net uf!

Machsch ebbes, no hoißt's,
alfort stehsch vorne dro!
Machsch nix, no hoißt's,
du dätsch dich drücke.

Wonn dei Moinung sagsch,
hoißt's, du wärsch en Quertreiwer!
Sagsch dei Moinung net,
hoißt's, du wärsch en Mitleifer!

Du konnsch's net allene recht mache!
Mach, was dir Herz un Verstand eigewe
un was du vor dir selwer un dem
do drowe verantworte konnsch.

## Wendepunkt des Lebens

Mit 50 Johr bisch am Wendepunkt
von deim Lewe orkumme.
Jetzt bisch du koin alder Junger meh,
jetzt bisch du en junger Alder!

# Überlegunge zum runde Geburtsdag

Alle zehn Johr verwischt's oim, ma hat en runde Geburtsdag. Es stellt sich die Frog, soll ma, will ma oder sod ma feiere? Fahrt ma net oifach fort? No isch ma iwer allem draus! Ma entflieht dene Erwartunge, dene Verpflichtunge un Koschte. No hockt ma im Süde unner Palme am Meer un isch doch bitter enttäuscht, weil koiner orruft, oder gschwind zum Gratuliere vorbeikommt. Hinner noch kumme se dann doch kleckerlesweis orgedappt un ma wärd net fertig mit nochfeire.

Zu so em bsunnere Orlass sod ma do net doch gonz groß feiere? Des wär mer der Welt doch schuldig! Der erschte Stress fongt scho or, bis ma weiß, wo, mit wem un wie ma des macht. Tausend Überlegunge muss ma orstelle. Was hat's bei sellene zum Esse gewe? Soll i a de Partyservice nehme un e Luxusmenü b'stelle? Bin i dann de Graf Großkotz? Alle welle se eihalde un abnehme un i muss zahle! Schad drum. Awer lumpe will ma sich a net lasse. Fertig aus!

Des Ambiente muss a stimmig sei. Die Tischdeko sod in die Jahreszeit passe, modern sei, die Deck därf sich net mit de Vorhäng beiße, die Farbe müsse zu deim Typ un der gewollte Stimmung passe. Es soll orginell wirke und ma sod net merke, wo ma's abgeguckt hat! Ma will scho Eidruck schinne, awer es soll a net protzig wirke. Wonn ma a noch die Richtlinien von dem japanische Feng Shui berücksichtigt, no müsse a die Elemente Holz, Wasser, Erde, Metall und Feuer im harmonische Gleichgewicht zuenonner steh. Also, uf gut deitsch, ma muss gucke, dass gnung Fleisch uf em Tisch isch und net so viel Kuche iwerrich. Dass des Besteck un die Gläser longe! Woi un Bier därfe net ausgeh und die Kerze net umfalle. Wen läd ma ei? Bei wem war ma? Net dass oiner beleidigt isch. Wer hat als e rechtes G'schenk gmacht? Mit dem Veroi hat ma a so sei

Verpflichtunge. Net dass es hoißt, die esse sich iwerall dorch un drücke sich selwer ebbes zu mache. Wie kriegt ma blos alle unner oin Hut? Net zuletzt muss ma iwerlege, wer mit wem bös isch, damit die jo net zommesitze. Des könnt des gonze Fescht verderwe. Wer isch en Diabetiker, en Vegetarier oder en Allergiker? Net, dass ma noch de Doktor hole muss.

Oder feiert ma im bescheidene Rahme daheim. Solle doch alle die wegbleibe, die sowieso blos jammern: „Oh, dieser Stress schon wieder en runder Geburtsdag!“ Die Verwandte, die man des gonze Jahr net sieht, brauche an dem Dag a net komme! Wonn es a eng wärd, des isch a gmütlich. Bei schummrigem Kerzenlicht sieht ma a de Staub net so.

Des allergröschde Problem kommt noch, wenn se froge: „Was willsch?“ Uf alle Fäll koin Kruscht, wo bloß de Schronk füllt, oder ma am liebschte weiterschenke will. Ma hat doch schun alles. En Herzenswunsch sode se oim erfülle, wo ma selwer noch gar net kennt.

Was for en Ufwond, bis es endlich soweit isch. No steht ma wie newe sich und kriegt gar net alles mit. Wie gut wonn oiner en Video gmacht hat. Not noch des Ufräume un die Schlacht isch gschlage. Sicher isch en Haufe iwerich. No werd eigfrore un e paar Dag Reschtlen gesse. So konn ma den Geburtsdag noch e paarmol im Kopf un im Mage wirke lasse.

So, oder so. Koiner, wo net vorher sterbt, kommt an seim runde Geburtsdag vorbei. Drum lasse mas Lafe un mache des Beschde draus. Genieße ma des, dass ma for den oine Dag de Mittelpunkt de Welt sin, um den sich alles dreht. Nehme mir donkbar alle Huldigunge entgege un sauge des Gefühl in uns uf, wie sehr se uns möge. Un freue mer uns, des isch des allerwichtigste bei der Sach. Die Freud därf bei dem gonze Tumult net vergesse were, denn sie muss jo wieder zeh Johr hewe.

## Verzeihe

Wonn i ihm sei Schuld vergeb,
un net nur mei Verletzung pfleg,
versetz i mi in ihn hinei
un hör uf, gekränkt zu sei.
No geschieht e Wunner hier,
un de Kummer weicht von mir,
öffnet sich mei Herz gonz weit
un i fühl mi soooo befreit.

# Was en gute Pfarrer ausmacht

En gute Pfarrer muss stets for sei Gemeinde do sei!
Er muss e offenes Ohr for jeden ho!
Er soll for jeden un jedes Verständnis ho!
Er soll immer en gute Rat wisse, der oim a weiterhilft.
Er soll sich eifühle könne.
Er muss tolerant sei.
Er soll oim nix ufschwätze oder ufdränge.
Er soll iwer alles Bescheid wisse.
Er soll mit kloine Kinner un alte Weiwer zu Streich komme.
Er soll e gute Aussproch ho un e orgenehme Stimm.
Er soll singe könne un mehrere Instrumente spiele –
wenigschtens Gitarre, Klavier, Orgel un Flöte.
Er soll e gute Fra ho, die sich im Hinnergrund halt,
awer immer präsent isch, wonn se gebraucht werd –
bei de Krabbelgrupp, em Frauekreis, em Seniorenachmitdag,
beim Kerchechor; un des Krippespiel sod se eistudiere.
Er soll Streit schlichte un Friede schließe,
damit alle glicklich sin.
Sei Predigte solle oim mit oim Schlag besser mache.
Se sode fernsehreif sei, mit kloine Showeilage
un nie longweilig.
Er sod sei oigenes Lewe im Griff ho,
for alle un jede Situation e leuchtendes Vorbild sei.

Korz:
Er sod vollkomme sei.

## Se suche en Platz

„Wo hocke ma nor?“
„Weiter vor!“
„Hocke ma do nor?“
„Wo?“
„Ha, do!“
„Des isch ma zu noh!“
„Wo no?“
„Frog net so!“
„Geh halt vor!“
„Do nor?“
„Zu denne do!“
„Zu denne zwo, hock i net no!“
„Ha, wo no?“
„I laf no dafo! Mit dir geh i nirgends meh no!“

# Liewe un Lewe

Hasch du schon oimol in Auge geguckt
un gmoint, den Himmel zu sehe?
Hasch du schon oimol e Hond berührt
un warsch wie vom elektrische Schlag getroffe?
Bisch du schon oimol in e Herz gekrabbelt
un hasch dich verstanne un dahom gfühlt?

Wonn ma gar net meh will
als grad de onnere beschenke,
dann hat ma doch wenigschtens
oimol richtig gliebt un glebt.

Liewer blos for a paar Stund
in Glückseligkeit schwebe,
als viele Johr nur for sich nor triele.

# Alloi

Alloi,
awer net einsam
Gedonke nochhänge,
Träume kumme lasse,
mit Tönen schwinge,
sich los löse,
Stille genieße,
sei Innerschtes bewahre,
sich selwer begegne.

# Bis i de wiederseh

Bis i de wiederseh,
konn i in Vorfreud schwewe,
me durch de Alldag hongle,
werd die Endlichkeit ufghobe,
der Stachel des Abschieds gezoge,
konn i e weitere koschtbare Perl
uf die Kett unsrer Erinnerung fädle.

## Mit dem Niklaus verheiat

Jedes Johr am Niklausdag ziegt er den rote Samtmantel or. Blos zu dem Orlass trägt er die schwere, schwarze Stiefel. Mit der Armbanduhr legt er a sei Identität ab. Jetzt isch er nemme ihren Monn, isch nemme der Vorstand vom Veroi, nemme der Orgstellte, wo jeden Morge zur gleiche Zeit ins Gschäft rennt. Jetzt isch er grad noch der XXL-Monn mit dem graue Vollbart und de himmelblaue, gütige Auge. Schon im Sommer hat ihn am Baggersee en Bu, trotz der Badhos un em nackige Bauch, als Niklaus enttarnt. Die Roll isch ihm wie uf de Leib gschnitte. Er füllt se net nur körperlich voll aus, a durch sei starkes Harmoniebedürfnis un sei Friedenssehnsucht. Ihn hat der Himmel gschickt! Des woiß sei Ehefrau schun lang. Er lest ihr jeden Wunsch von de Auge ab. Vielleicht lebt er nur bei ihr Inkognito und därf heit sei wahre Bestimmung auslebe. Kritisch überprüft se noch emol sei Outfit. No hört ma schun die Glöcklen von de Kutsch un des Getrappel von de Pferd, die ihn abhole un fortnemme. In de Dunkelheit verwondelt er sich zu dem Heilige.

Der Posaunechor spielt feierliche Weise. Der Lichterbom erstrahlt in gonzer Schönheit un verwondelt den Kirchplatz in e stimmungsvolles Weihnachtswunderlond. Mit offenem Herze un voller Zuwendung nimmt er donkbar die Liebesbeweise der Kloine entgege, horcht entzückt Liedlen un Verslen or. Er beugt sich nunner un streichelt über die viele Köpflen. En Dambedei aus seiner Hond, bedeutet ihne meh, wie e teures Geschenk. Er verstehts, Ängschtliche Mut zu mache und Vorlaute in die rechte Bahn zu weise. Sei Fra steht abseits un guckt stolz zu. Während es for die Menge so aussieht, als ob er mit der Kutsch wieder in de Himmel entschwindet, lächelt se in sich nei. Heit Nacht werd sich der Nikolaus zu ihr ins Bett lege und in seim Säckle hat er grad ebbes for sie gonz alloi.

# Der Adventskalender im Wandel der Zeit

1980 Im Dezember kommt unser erschtes Baby uf'd Welt. Wie in oim Adventskalender rückwärts schreib i alles uf, was es wiegt, was es kriegt un was es konn. Mir freue uns uf des erschte Weihnachte mit unserm oigene Christkindle.

1981 Der Bu isch oi Johr ald. I häng oin Adventskalender uf mit Dürlen dro un Schokolädlen drin. I ess se selwer, for ihn isch des net g'sund un er kapierts noch net.

1982 Des zweite Baby isch do. Wege de Gerechtigkeit griegt jeder oiner. Bei de Schokolädlen halt i mi jetzt zrick. Am vierter Dag hat der Große dem Kloine seine leergesse. Es isch net so schlimm, der kapierts noch net.

1983 Aus pädagogische Gründ häng i oiner für Beide uf. Sie solle sich täglich mit dem Ufmache abwechsle. Der soziale Erziehungsversuch isch fehlgschlage. I woiß a nemme so recht, wer geschtern dro gwä isch.

1984 Jeder griegt sein oigene. Bis i 48 Päcklen g'richt häb, des hat gedauert un des hat gekoscht!

1985 I kumm wieder uf de Schokoladtürleskalender zrick. Jeder oin überm Bett. Solle se doch mache, was se wolle.

1986 I start noch emol en pädagogischer Versuch. Jeder kriegt e Blatt mit seim Nome un täglich en Stern for e gute Tat drufgebabbt. Plötzlich häb i die liebschte Kinner, die unufgefordert helfe. I lass mi druf ei, dass awer a alles registriert werd. Am 15. gehn mir die Sternlen aus.

1987 Die Buwe beschließe oistimmig: „Es müsst schon was rechts drin sei, sonscht könnte mir uns des mit dem Kalender spare.“

1988 Se wolle wieder oiner.

1989 Se moine, jetzt sin se zu ald dafor, mir solle's bleiwe lasse. Die Buwe fonge's rauche or. Jetzt könnt ma se beglücke, mit jedem Dag e Schachtel Zigarette im Adventskalender. Des mach i net – aus pädagogische Gründ.

1999 An seinem 19. Geburtsdag griegt unsern Großer e Päckle. Drin isch en Adventskalender von Camel. E Kamel als Weihnachtsmonn verkloid mit oiner Zigarett in der Lapp. Un der freut sich wie e klois Kind.

Drei Dag später stehn alle Dirlen uf,
isch die gonz Schoklad leergesse.
Wie frieher!

# Oh, du scheene Weihnachtsfeier

*Vorstand*: Ich begrüß euch zu unserer Sitzung wege de diesjährigen Weihnachtsfeier. Ich hoff, mir bringe ebbes zu Weg. Machet emol Vorschläg!

*Frau Prosaja*: Alle Johr wieder, isch unser Weihnachtsfescht.
Die des gonz Johr gschafft hän, die sin jetzt mol die Gäscht.
Esst un trinkt, so viel ihr kennt, weil des heit nix koscht.
Heit bezahlt des der Veroi. Uf unser Wohl e Proscht!

*Frau Nostalgia*: Frieher isch ma viel schneller in Weihnachtsstimmung komme. Oh, war des Krippespiel frieher schee. Der Karle isch der Josef gwä un i die Maria. Des könnt ma doch a mache, so e Krippespiel. I dät mi a breitschlage lasse, un die Maria spiele. Do muss i morge glei de Karle orufe, ob er mitmacht.

*Frau Motz-Bruddler*: Noi, noi, wer do die Maria spielt, isch klar wie Klosbrieh. Des isch mei Nochbare, die sucht a grad e Wohnung un en dicke Bauch hat se a. Koiner woiß, wer de Vader isch. De heilige Geischt wärds gwest sei. Des passt!

*Frau Schleckmaul*: Dazu esse mir no Josefskichlen un trinke Mariakron!

*Frau Schick*: Do isch mei neis Klaid viel zu luxeriös for e Krippespiel, des konn i u'möglich orziege. Do muss i mir ubedingt noch e Hirtekostüm kafe.

*Frau Schleckmaul*: Un Hirtespieß vom Lamm mit Bohne däd basse, un die Krumbiere nenne ma grad Engelskartöffelen.

*Frau Prosaja*: Esse, esse, des muss sei!
Stimmt uns uf die Weihnacht ei.
Weihnachtsbrötlen, guter Braten
Alles gschmacklich gut geraten,
ohne Essen geht es nicht!
Un a net ohne e Gedicht!

*Frau Motz-Bruddler*: Seie se mir bloß ruhig. Was hän se mi als geblogt. Mir hän als Kinner net schwätze gedärft, wonn sich Erwachsene unnerhalde hän. Zu Weihnachte hat ma die Gefühlsduseleigedichtlen ufsage müsse. Do hän se mir mei Weihnachtstimmung for Zeit un Ewichkeit verdorwe.

*Frau Nostalgia*: Des könnt i jetzt net sage. Oh, war des frieher schee, mit dene Gedichtlen. Do fallt mir ois ei, wo des Chrischtkindle durch de Wald geirrt isch. Oder war es e Schäfle? Kennt ihr des?

*Frau Prosaja*: E Schäfle des ging gonz alloi
in Bethlehem in de Stall hinoi.
Es wollt a mol des Christkind seh,
im Krippelein, so zart un schee.
Druf sagt es: „Tschüss, i geh! – Mäh."

*Frau Nostalgia*: Noi, des war es net. Frieher ...

*Frau Motz-Bruddler*: Jetzt höre se mir bloß mit ihrem ewige Frieher-frieher-Gebabbel uf, des isch jo nemme zum aushalde.

*Vorstand*: Mir welle Fried und Freud! Wo solle ma denn nor?

*Frau Schleckmaul*: Also, i dät e Fünf-Sterne-Lokal vorschlage, mir gönne uns jo sonscht nix.

*Frau Schick*: Oh ja, no konn i doch mei luxeriöses Klaid orziehe.

*Frau Motz-Bruddler*: Des interessiert dohin koin Mensch, was sie orziehe. Von mir aus könne se nackig rumlafe!

*Frau Nostalgia*: Es isch jo interessant, dass die Engelen a immer nackig sin. I heb a oins mit so em goldige Popole.

*Frau Schleckmaul*: Hät ihr schon ghört, dass se in em Lokal uf Nackige serviere. Die liege buddelnackig do un des Esse drum rum.

*Frau Prosaja*: Ach, wonn des mein Alder wisst,
weil's den leiblich so gelüscht,
no esst der schon satte Monn
noch weiter, dass er gucke konn.

*Frau Motz-Bruddler*: Wonn die's Kreizweh griege oder wonn se ufs Klo müsse! Pfui Deifel, do vergeht oim jo de Apetit!

*Frau Schick*: Die hän wenigschtens koi Sorge, was se orziehe solle.

*Frau Nostalgia*: Frieher wars so schee, wo jeder noch en Salat oder en Kuche mitgebrocht hat.

*Frau Motz-Bruddler*: Des kommt überhaupt net in Frog. Des gonze Johr schaffe mir for de Veroi. No welle mir uns a mol norhocke un bediene lasse. Nochher noch ufräume un putze ... noi, nix do!

*Frau Schleckmaul*: Ha, no richte mir halt en Partyservise or, der nimmt a des dreckige Gscherr wieder mit.

*Frau Nostalgia*: Oh, war des frieher schee, wo mir noch gwichtelt hän. Jeder bringt ebbes for 10 Mark und kriegt a ebbes for 10 Mark, eh, 5 Euro.

*Frau Motz-Bruddler*: Ja, wonns so wär, do mach i net mit! I heb a mol so e scheene Vas eigepackt. Die hän mir von de Tante Frieda zur Hochzich griegt. Die war wunnerschee, bestimmt 10 Euro wert und bringt uf em Antikmarkt heit e Vermöge. Sie hat halt net in unser Wohnung gebasst, aber wertvoll war se! Die wo se griegt hat, hät glücklich und donkbar sei gekennt un hat blos en Lätsch norgezoge un gsagt: „Ha, so en Scheißdreck!“ Zu so oine scheene Vas.
I heb bloß e Päckle Kaffee griegt, for die scheene Vas! Wonn i en Kaffee will, no konn i mir den selwer kafe!

*Frau Nostalgia*: Oh, war des frieher schee, wo der Nikolaus kumme isch un hat iwer jeden ebbes g'sagt ...

*Frau Motz-Bruddler*: Der wär koi Problem. i wisst schon was. Sele do hat ...

*Frau Schleckmaul*: Ma könnt doch a en Nikolaus uftrete lasse. En Stripper als Nochdisch sozusage und wonn der dann sein rote Montel ufmacht, isch sein wohlgeformter Körper gonz mit Schoklad überzoge. So e Art essbares Bodypainting. Ma könnt jo a en angemessene Beitrag für en gute Zweck kassiere, um an ihm zu knabbere.

*Frau Motz-Bruddler*: Des könne ma doch net mache, sonscht kumme ma noch in die Zeitung.

*Frau Prosaja*: Süßer die Glocken nie schmecken,
als zu der Weihnachtszeit!

*Frau Schleckmaul*: Do muß i an mein Zucker denke. Wonn i doch nix esse därf, brauch i a glei garnet zu kumme.

*Frau Schick*: Des überleg i mir a schon, es passt oim jo gar nix meh, i muss ubedingt eihalde!

*Frau Nostalgia*: Frieher war des viel scheener an Weihnachte, wo die Kinner noch klei ware un ghorcht hän. Mir bestehn awer uf unsere Traditione, des stehn mir durch. In e paar Johr sage se gewiss selwer: „Oh, war des frieher schee!“

*Frau Motz-Bruddler*: Von mir aus konn ma des gonze Weihnachtsgetue a bleiwe lasse. Die Junge gehn sowieso in die Disco und Geschenke und Geld kassiere se des gonze Johr. Ma sod grad vor de Fernseh liege, wonn scho oi mol im Johr ebbes g'scheites kommt.

*Frau Prosaja*: O, lasset das Kindlein, so goldig und klein,
für immer im Krippelein gefangen sein.
Hängt eure Probleme mit Lametta zu
und wieget euch weiter in seliger Ruh.

*Vorstand*: I seh schun, mir kumme heit uf koin griene Zweig. Mir müsse noch emol dage. Machet eich Gedonke, mir treffe uns heit in oinere Woch noch emol.

*Frau Nostalgia*: Do heb i koi Zeit, do muß i die Weihnachtsbilder von letzschtem Johr ins Album bappe.

*Frau Schleckmaul*: I muss noch Brötlen backe un obends geh i uf e Kendelleitdinner!

*Frau Prosaja*: Do heb i a koi Zeit, i geh zu oiner Dichterlesung.

*Frau Schick*: I heb a koi Zeit. I bin uf ere Modenschau.

*Frau Motz-Bruddler*: I seh des gar nemme ei, dass ma schon wieder sei koschtbare Zeit opfere soll. I kumm a net.

*Vorstand*: (tiefer Seufzer) Ha, solle ma des Johr die Weihnachtsfeier ausfalle lasse, streiche, wegrationalisiere? Fried und Freud und Allene e Wohlgefallen? Kriege mir des net nor? I laf noch dafo ...

## Des Gute installiere

I würd so gern im Lewe
nur des Gute installiere
und nur die wahre Liebe
dät i programmiere –

von allene gefährliche Vire
do hätt i es gerne frei.
Un des, was mir net passt,
löscht i aus der Datei.

Mit de Maus klickt i
nur des Schene or.
Als Mail schickt i es
zu meiner Freunde nor.

Des was mi belascht,
wird vom Papierkorb gschluckt
des was mi arg freut,
werd spontan ausgedruckt.

Ach, könnt net oifach alles
so störungsfrei funktioniere.
Ach, lies sich doch im Lewe
nur des Gute installiere.

## Fraue

Fraue, die ihr Lewe meischtern,
for die konn i mi begeischtern,
die net jommern oder klage,
die druf zugehn un was wage.

Fraue, die net lamentiere,
sich for ebbes engagiere,
die mit Kraft, mit Mut un Strewe,
onnere Leit so vieles gewe.

Fraue mit brave, liewe Kinner,
bei dene steckt noch was dahinner,
bei dene ihrem gute Benehme,
müsse se sich niemals schäme.

Fraue, die stets funktioniere,
vor den Gästen noch brilliere,
dabei noch perfekt aussehn,
gertenschlank und strahlendschön.

Ach, moin liewer Monn verzeih,
i kriegs nun mal net uf die Reih!

# Des Schlupfloch

In oim ordentliche Haus lebte e ordentliche Fra mit oim Kater. Wonn der reikumme isch, hat se ihn erscht emol geduscht un sei Pfote abgeputzt. Se hat ihn zugedeckt, dass er net kronk werd un ihm der Platz uf seim Debbich zugwiese. Do hat er liege bleiwe müsse. Se hat ihm regelmäßig sei Fresse norgstellt, awer dodafor hat er alle Mäus im Haus fonge müsse. Der Kater hat traurig sei ruppiges Fell gleckt un hat treu un brav gmacht, was die ordentliche Fra von ihm gwellt hat. Awer irgendwie war er net glücklich. Er hat gspürt, dass ihm ebbes fehlt. Sei Sehnsucht hat ihn immer mehr fortgedrängt um noch ebbes zu suche.

Im Gartezaun hat er e Schlupfloch entdeckt un isch in oin gonz unordentliche Garte niewer gschliche. Kraut un Riewe sin dorchenonner gwachse un Kletterrose hän sich in oin knorrige Obschtbaum neigschlunge. Der Kater hat sich uf en Sack glegt un neugierig rumgeguckt, bis er sich in zwei grüne, freundliche Katzeauge gspiegelt hat. Des Kätzle hat sich an ihn gedrickt. Mitenonner hän se den betörende Blüteduft gschnuppert un gschnnurrt. Als wär die Sonn vom Himmel gstiege, hän die Sonneblume uf se runner gstrahlt.

Als plötzlich die Nacht ihren dunkle Debbich ausglegt hat, hän se noch de funkelnde Sterne gedatzt. Nachdem die ordentliche Fra schon zum hundertschte mol grufe hat un en Bu komme isch un des Kätzle streichelnd fortgetrage hat, isch er gar net gern wieder in sein ordentliche Garte zrick gschlupft. Doch immer wieder hän se den Weg zommegfunne, sin durch blühende Sommerwiese gstreift, durch Pfütze geplatscht, hän sich anonner gschmiegt, die Schwänzlen umschlunge un sich ihre Träume zu gmaunzt.

Wie gern isch der Kater durch des Schlupfloch zu dem Kätzle gschlupft un doch isch er immer wieder pflichtbewusst zrick. Mutiger isch er dere ordentliche Frau um die Fies gschwänzelt un hat die Hoffnung net ufgewe, dass se runnerlongt un ihn emol streichelt.

## Wiedergutmachung

I bin als Tochter von em Puppespieler uf'd Welt kumme. Unsern Vader war des gonze Johr uf Tornee un isch bloß in de Ferie heimkumme. Als sei Mitarbeiterin gheiat hat, musst unser Mutter plötzlich eispringe. Mei Schwester un i wurde aus unserer vertraute Umgebung rausgrisse un mir musste im Wohnwage lewe un als Gastschülerin zwei Woche do un zwei Woche dort die Schul bsuche.
Schüchtern un voller Ängscht häb i die Aula der fremde Schul betrete. „Du musch die Gaby sei!" E warme Hond hat sich uf mei Schulter glegt. „Dein Vader hat di schun orgmeld. Mir freue uns uf di!" Die gütige Lehrerin schob me vor die neugierig gaffende Klass. „Die Gaby hat es schwer, helfd ihr e bissle!" Als me e Mädle orglächelt un den Stuhl norgschowe hat, isch mas besser gonge. „Vor em Egon musch du di in Acht nemme, des isch der Frechschte in de Schul!" In de große Paus hat er me schun umgrennt un i bin mit em Gsicht in en Dornebusch neigfloge. Des Blut isch mer von de Backe gloffe un e paar Dorne sin stecke gebliewe. „De Egon ischs gwest!" Die ufgebrachte Schüler hän e harte Strof gfordert. Doch die gute Lehrerin hat onnerscht entschiede. I häb me uf de Lehrerpult setze solle un de Egon hat des Blut abwische müsse, die Dorne mit ere Pinzette entferne un die Wunde mit Jod betupfe. „Egon" hat se zu ihm gsagt, „Du bisch dafor verantwortlich, dass die Gaby des aushalte musst, mach ihr gelegentlich e kloine Freud, du se mol mit oiner Kloinigkeit überrasche!" Als mir weiterzoge, hat mir der Egon zum Abschied en Ring vom Kaugummiautomate überreicht un en verknitterte Zettel, uf dem stand: „Wonn du willsch, heier i de!" I wollt des Opfer net ornemme, es war jo längscht wieder gut. Awer net nur der Egon, i häb a e wichtige Lektion glernt, die me bis heut geprägt hat.

## Was isch dichte?

Gedonke verdichte,
Könne mitnichte,
sich der Kunst bezichtge,
Erlebtes berichte,
d'Wohrheit belichte,
Erfahrunge sichte,
erdachte Geschichte,
sich der Poesie verpflichte,
Seelenstuhlgang verrichte –
dabei viel Papier vernichte.

## Vollmondnacht

Der Vollmond dunkt
die Welt in e magisches Licht.
I steh do un guck
hypnotisiert zu ihm nuf.
Sehnsuchtsvolle Fantasie
krabbelt in mir hoch.
Irgendwo do draus heilt
vor Einsamkeit en Wolf.
Was könnte mir zomme
jetzt net alles erlewe
un de Vollmond däts
jo schweigend toleriere.
Awer i steh grad do
un guck nuf.

Schad.